和清真詞

方千里

石林詞

葉夢得

丹陽詞

葛勝仲

四庫全書
宋詞別集
叢刊 九

商務印書館

和清真詞

方千里

欽定四庫全書　集部十

和清真詞　詞曲類　詞集之屬

提要

臣等謹案和清真詞一卷宋方千里撰千里信安人官舒州僉判有題真源宫一詩見藝圃集此則其和周邦彦清真詞也邦彦妙解聲律為詞家之冠所製諸調不獨音之平仄宜遵即仄中上去入之音亦不容相混所謂

分析節度深契微茫故千里和詞字字奉為標準集内調名有稍異者如荔枝香周詞作荔枝香近吴文英夢窻稿亦同此集獨少近字浪淘沙周詞作浪淘沙慢蓋浪淘沙製調之始皇甫松惟七言絶句李後主始用雙調亦止五十四字周詞至百三十三字之多故加以慢字此去慢字便非此調蓋皆傳刻之譌非千里之舊今互勘其異同以資考證毛

晉跋樂安楊澤民亦有和清真詞或合為三
英集行世然晉所刻六十家之本無澤民詞
或其本已佚歟乾隆四十九年閏三月恭校
上
總纂官臣紀昀臣陸錫熊臣孫士毅
總校官臣陸費墀

欽定四庫全書

和清真詞
提要

二

欽定四庫全書

和清真詞

宋 方千里 撰

瑞龍吟

樓前路愁對萬點風花數行煙樹依依斜日紅收莫山翠接平蕪盡處顧步留佇還是畫欄凭暝半扃朱戶簾櫳儘日無人消凝悵望時時自語　堪恨行雲難繫賦情楊柳徘徊猶舞追想向來歡娛懷抱非故題紅寄綠

魂斷江南句何時見輕衫霧唾芳茵蓮步燕子西飛去為人試道相思悶緒空有腸千縷清淚滿斑斑多于春雨忍看鬢髮密堆飛絮

瑣窗寒

燕子池塘黃鸝院落海棠庭户東風暗許借與輕風柔雨奈春光困人正濃畫欄小立慵無語念冶遊時節融怡天氣異鄉愁旅朝暮　凝情處嘆聚散悲歡歲常十五連飛並羽未抵鴛鴦朋鳳侶算章臺楊柳尚存楚娥鬢

影依舊否再相逢拚解雕鞍燕樂同盃俎

風流子

春色遍横塘年華巧過雨濕殘陽正一帶翠揺嫩莎平野萬枝紅滴繁杏低牆惱人是燕飛盤軟舞鶯語咽輕簧還憶舊遊禁煙寒食共追清賞曲水流觴　迴思歡娱處人空老花影尚占西廂堪惜翠眉環坐雲鬟分行看戀柳煙光遮絲藏絮妬花風雨飄粉吹香都為酒驅歌使應也無妨

渡江雲

長亭今古道水流暗響渺渺雜風沙倦遊驚歲晚自歎相思萬里夢還家愁凝望結但掩淚慵整鉛華更漏長酒醒人語睥睨有啼鴉　傷嗟回腸千縷淚眼雙垂遏離情不下還暗思香翻香燼深閉窗紗依稀看遍江南畫記隱隱煙靄蒹葭空健羨舞鴛鴦共宿叢花

應天長

嫩黃上柳新綠漲池東風豔冶天色又見昨晴還雨年

華傍寒食春依舊身是客對麗景易傷岑寂悵凝望一帶平蕪剪就茵藉　前度少年場醉記旗亭聯句徧窗壁調笑映牆紅粉參差水邊宅蘆鞭懶過故陌恨未老漸成塵跡謾無語立盡斜陽懷抱誰識

荔枝香

勝日登臨幽趣乘興去翠壁古木千章林影生寒霧空濛冷濕人衣山路元無雨深澗斗瀉飛泉溜甘乳　漁唱晚看小棹歸前浦笑指官橋風颭酒旗斜舉還脫宮

袍一醉芳樽倒鸚鵡幸有雕章蠟炬

又

小園花梢雨歇浪羞泣碧瓦光霽羅幙香浮鶯啼燕語交加是處池館春徧風外認得笙歌近遠　醉魂半縈夜酒吹未散暗憶年時正日赴西池宴笑攜豔質郢曲新聲妙如剪有愁容易排遣

還京樂

歲華慣每到和風麗日歡再理爲妙歌新調粲然一曲

千金輕費記夜闌沈醉更衣換酒珠璣委悵畫燭搖影易積銀盤紅淚　向笙歌底問何人能道平生聚合歡娛離別興味誰令露浥煙籠盡栽培豔桃穠李謾縈牽空坐隔千山情遥萬水縱有丹青筆亦難摹畫顦顇

掃花遊

野亭話別恨露草芊綿曉風酸楚怨絲恨縷正楊花碎玉滿城雪舞耿耿無言暗灑闌干淚雨片帆去縱百種避愁愁早知處　離思多幾許但漸慣征塵斗迷歸路

亂山似俎更重江浪淼易沈書素瞪目銷魂自覺孤吟調苦小留佇隔前村數聲簫鼓

解連環

素封誰託空寒潮浪疊亂山雲邈對倦景無語消魂但香斷露晞絮飛風薄杜宇聲中動多少客情離索遶闌干竚立暗記那回賞遍花藥依依歲華自若更低煙暮草殘照孤角嘆息故里春光有幽圃名花算也閒却早早歸休漸過了芳條華蕚趁良辰摟歌喚舞舊家院

落

玲瓏四犯

傾國名姝似暈雪勻酥無限嬌豔素質閒姿天賦淡娥豊臉還是睡起慵粧顧鬢影翠雲零亂悵平生把鑒鸞換依約瑣窗逢見　繡幃凝想鴛鴦薦畫屏烘獸煙葱蒨依紅傍粉憐香玉聊慰風流眼空嘆倦客斷腸奈聽徹殘更急點仗夢魂一到月月底休飄散

丹鳳吟

宛轉回腸離緒懶倚危欄愁登高閣相思何處人在繡
幃羅幙芳年豔齒枉消虛過會合絲輕因緣蟬薄暗想
飛雲驟雨霧隔煙遮相去還是天角　悵望不時夢到
素書謾說波浪惡縱有青青髮漸吳霜粧點容易凋鑠
歡期何晚忽忽坐驚搖落顧影無言清淚濕但絲絲盈
握染斑客袖歸日須問著

滿江紅

為憶仙姿相思恨纏綿未足從別後沈郎消瘦帶圍如

柬消息三年沈過處闌山千里無飛肉算誰知中有不平心彈碁局　空想像金釵卜時畏翫回紋曲許何時重到瑣窗華屋長得一生花裏活軟紅深處鴛鴦宿也勝如騎馬著征衫京塵撲

瑞鶴仙

看青山遶郭更莫草萋萋疎煙漠漠無風自花落欲黃昏誰向官樓吹角剛腸頓弱恨别來辜負厚約想香閨念舊還憶去年共舉盃酌　寂莫光陰虛度未說離愁

淚痕先閣珠簾翠幙除相見是奇藥況中年已後凭高臨遠情懷終是易惡早歸休月地雲階贖追笑樂

西平樂

倦踏征塵厭驅疋馬凝望故園猶賒孤館今宵亂山何許平林漠漠煙遮悵過眼光陰似瞬回首歡娛異昔流年迅景霜風敗葦驚沙無柰輕離易别千里意刷淚獨長嗟 綺窗人遠青門信杳敘影何時重見雲斜空怨憶吹簫韻曲旋錦回紋想像宫商蠧損機杼生塵誰為

新裝暈素華郎信自怜悠颺夢蝶浮没書鱗縱有心情盡為相思爭如傍早歸家

浪淘沙

素秋霽雲横曠野浪拍孤堞柔櫓悲聲頓發驪歌恨曲未闋念一寸回腸千縷結柳條在忍使攀折但悵惘章臺路多少相思拚愁絶　凄切去程浩渺空濶奈斷梗孤篷逐西風外簌簌殘吹咽應暗為行人傷念離别淚波易竭凝想懷羞靦當時明月煙浪無窮青山疊魚封遠

雁書漸歇甚時合金釵分處缺謾飄蕩海角天涯再見日應憐兩鬢玲瓏雪

憶舊遊

念花邊玉漏帳裏鸞笙曾款良宵鏤鴨吹香霧更輕風動竹韻響瀟瀟畫簷皓月初掛簾幙縠紋摇記罷曲更衣挑燈細語酒暈全消　迢迢舊時路縱下馬銅駝誰聽揚鑣奈可怜庭院又徘徊虛過清夢難招斷魂暗想幽會回首渺星橋試彷彿仙源重尋當日千樹桃

鷓山溪

園林晴雪花上黄蜂尾鶯語怯遊人又還傍綠楊深避曲池斜逕草色碧於藍欄倦倚簾半起魂斷斜陽裏江南春盡渺渺平橋水身在一天涯問此恨何時是已飛帆輕槳催送莫愁來歌舞地尊酒底不羨東隣美

少年游

丹青閒展小屏山香燼一絲寒織錦回紋生綃紅淚不語自羞看　相思念遠關河隔終日望征鞍不識單栖

忍教良夜魂夢覓長安

又

東風無力颺輕絲芳草雨餘姿淺綠還遶池輕黃歸柳老
去顧春遲　欄干凭暎慵回首閒把小花枝怯酒情懷
惱人天氣消瘦有誰知

秋蕋香

一枕盤鸞錦暎初起嬾勻粧面綠雲嫋娜映嬌眼酒入
桃腮暈淺　翠簾半捲香縈線礙飛燕畫屏淺立意閒

遠春瑣深沉小院

漁家傲

竹影花光明似畫羅幃夜出傾城秀紅錦紋茵雙鳳鬭看舞後腰肢宛勝章臺柳　眼尾春嬌波態溜金樽笑捧纖纖袖一陣粉香吹散酒更漏久消魂獨自歸時候

又

冷葉啼螿聲惻惻銀牀曉起清霜積魂斷江南煙水國書難得相思此意無人識　綠鬢金釵年少容愁來嬾

傍菱花仄霧閤雲窗閒枕席情何適盃盈珠淚還偷滴

南鄉子

西北有高樓淡靄淺煙漸漸收幾陣凉風生客袖颼颼心逐年華衮衮流　花卉滿前頭老嬾心情萬事休獨倚欄干無一語回眸鼓角聲中喚起愁

望江南

春色暮短艇艤長堤飛絮空隨花上下啼鶯占斷水東西來往燕爭泥　桑柘綠歸去覓前蹊夜甕酒香從蟻

鬭曉窗眠足任雞啼猶勝旅情悽

浣沙溪

楊柳依依窣地垂麴塵波影漸平池霏微細雨出魚兒
先自别來容易瘦那堪春去不勝悲腰肢寬盡縷金
衣

又

無數流鶯遠近飛垂楊裊裊弄晴暉斷腸聲裏送春歸
鬢影空思香霧濕襪塵還想步波微去年花下酒闌

時

又

清淚斑斑著意垂消魂迢遞一天涯誰能萬里布長梯先自樓臺飛粉絮可堪簾幙捲金泥相思心上乳鶯啼

迎春樂

參差鳳鐸鳴高屋漸驚覺清眠熟看夕陽倒影花陰速雙燕子歸來宿幾曲迴腸愁易束問雪鬢何時重緑

料想此情同應暗損香肌玉

又

紅深綠暗春無跡芳心蕩冶遊客記揺鞭跋馬銅駝陌凝睇認珠簾側　絮滿愁城風捲白遍多少相思消息何處約歡期芳草外高樓北

點絳唇

池館春深海棠枝上斑斑雨酒旗斜舉風滚楊花絮游子征衫凭暝闌干處空凝竚杜鵑啼苦還報南樓鼓

一落索

月影娟娟明秀簾波吹皺徘徊空度可憐宵謾問道因誰瘦 不見芳音長久鱗鴻空有渭城西路恨依然尚夢想青青柳

又

心柢江蓮長恐夌波人去厭厭消瘦不勝衣恨清淚多於雨 舊曲慵歌瓊樹誰傳香素碧溪流水過樓前問紅葉來何處

垂絲釣

錦鱗繡羽難傳愁態顰嫵岸草際天雲影垂絮人何許謾並欄倚柱　煙光暮悵榆錢滿路送春殢酒歡期幽會希遇彩簫鳳侶回首分攜處雙臉吹愁雨無限語再見時記否

滿庭芳

山色澄秋水光融日浮萍飄碎還遶圓數行征雁分破白鷗煙高下回塘暗谷寫幽思終日濺濺閒凝望殘霞暝

靄何處一漁船　江南思舊隱筠軒野徑茆舍疎椽慣攜壺花下欹帽風前想像淵明舊節琴中趣何必疎絃歸歟計不將五斗輸與北窗眠

隔浦蓮

垂楊煙濕嫩篠別嶼環清窈紺影浮新漲夷猶終日魚鳥花妥庭下草鳴蟬鬧暗綠藏臺沼　野軒小欹眠斷夢閒書風葉顛倒詩懷酒思悔費十年昏曉枚老紅塵倦再到愁覺悠然心寄天表

法曲獻仙音

庭葉飄寒砌蛩催織夜色迢迢難度細剔燈花再添香獸淒涼洞房朱户見鳳枕羞孤另相思酒紅雨有誰語道年來為郎顦顇音問隔回首後期尚阻寂寞兩愁山鎖閒情無限顰嫵嫩雪消肌試羅衣寛盡腰素問何時夢裏趁得好風飛去

過秦樓

柳灑鵝黄草揉螺黛院落雨痕纔斷蜂鬚霧濕燕嘴泥

融陌上細風頻扇多少豔景關心長苦春光疾如飛箭對東風忍負西園清賞翠深香遠　空暗憶醉走銅駝閒敲金鐙倦跡素衣塵染因花瘦覺爲酒情鍾綠鬢幾番催變何況逢迎向人眉黛供愁嬌波回倩料相思此際濃似飛紅萬點或作濃于空裏亂紅千點

側犯

四山翠合一溪碧繞秋容靚波定見鷺立魚跳動平鏡脩竹散步䆉古木通幽徑風靜煙霧直池塘倒晴影

流年舊事老矣塵心瑩還暗省黠吴箱顦悴愧潘令夢憶江南小園路迴愁聽葉落轆轤金井

塞翁吟

暮色催更鼓庭户月影朦朧記舊跡玉樓東看枕上芙蓉雲屏幾軸江南畫香篆燼熄煙空睡起處繡衾重尚殘酒潮紅　忡忡從分散歌稀宴小懷麗質渾如夢中苦寂寞離情萬緒似秋後怯雨芭蕉不展愁對何時細語此夕相思曾對西風

蘇幕遮

扇留風氷却暑夏木陰陰相對黄鸝語薄晚輕陰還閣雨遠岸煙深彷彿菱歌舉　燕歸來花落去幾度逢迎幾度傷羈旅油壁西陵人識否好約追涼小艤蒹葭浦

浣紗溪

菱藕花開來路香滿船絲竹載西涼波揺髮彩粉生光　翡翠雙飛尋密浦鴛鴦濃睡倚回塘閒情須與酒商量

又

密約深期卒未成藏鈎春酒坐頻傾向人嬌艷夜亭亭

相顧無言情易覺來歸單枕夢猶驚眼梢怨淚幾時

晴

又

面面虚堂水照空天然一朶玉芙蓉千嬌百媚語惺忪

未散嬌雲輕彈鬢欲融輕雪乍凝胷石榴裙斂為誰

紅

又

刻様衣裳巧刻繒綵枝環繞萬年藤生香吹透縠蠶紋

嫩水帶山嬌不斷濕雲堆嶺膩無聲香肩婀娜為誰

凭

點絳唇

閒蕩蘭舟翠娥仙袂風中舉鴛鴦深浦綠暗曾來路

留戀荷香薄晚慵歸去還相顧練波澄素月上潮生處

訴衷情

遠山重疊亂山盤江上晚風酸秋容更兼殘日楓葉照人舟　書未到夢猶閒鬢毛斑凭高無語征雁知愁聲斷雲間

風流子

河梁攜手別臨岐語共約踏青歸自雙燕再來斷無音信海棠開了還又參差料此際笑隨花便面醉騁錦障泥不憶故園粉愁香怨忍教花屋綠慘紅悲　舊家歌舞地生疎久塵暗鳳縷羅衣何限可怜心事難訴歡期

但兩點愁蛾纔開重斂幾行清淚欲制還垂爭表爲郎顦悴相見方知

華胥引

長亭無數羈客將歸故園換葉乳鴨隨波輕蘋滿渚時共嗳接眼春色何窮更櫓聲伊軋思憶前歡未言心已愁怯　欺鬢吳霜恨惺惺又還盈鑷錦紋魚素那堪重翻再閱粉指香痕依舊在繡裳鴛鴦多少相思皺成眉上千疊

清都宴

暮色聞津鼓煙波碧數行征雁時度輕櫓聚網長歌和檝水村漁户行人又落天涯但悵望高陽伴侣記舊日酒𨙨宮袍馬酬少妾詞賦　如今鬢影蕭然相逢似雪徒話愁苦芳塵暗陌殘花遍野歲華空去垂楊翠拂門徑尚夢想當時住處縱早歸緑漸成陰青娥在否

四園竹

花驄縱策制淚掩斜扉玉爐細裊鴛被半閑蕭瑟羅幃

銀漏聲那更雜疎疎雨裏此時懷抱誰知　恨妻其西窗自剪寒花沈吟暗數歸期最愛深情密意無限當年往復詩辭千萬紙甚近日人來字漸稀

齊天樂

碧紗窗外黄鸝語聲聲似愁春晚岸柳飄綿庭花墮雪惟有平蕪如剪重門向掩看風動疎簾浪鋪湘簟暗想前歡舊遊心事寄詩卷　鱗鴻音信未覩夢魂尋訪後關山又隔無限客館愁思天涯倦跡幾許良宵展轉閒

情意遠記密閤深閨繡衾羅薦睡起無人料應眉黛斂

木蘭花

溶溶水映娟娟秀淺約宮粧籠翠袖舞餘楊柳乍縈風睡起海棠猶帶酒　顴頷蕭郎緣底瘦那日花前相見後西窗疑是故人來費得羅牋詩幾首

霜葉飛

塞雲垂地堤煙重燕鴻初度江表露荷風柳向人疎臺榭還清悄恨脉脉離情怨曉相思魂夢眼屏小奈倦客

征衣自遍拂塵埃玉鏡羞照　無限靜陌幽芳追歡尋
賞未落人後先到少年心事轉頭空况老來懷抱儘綠
葉紅英過了離聲慵整當時調問麗質從顦顇消減腰
圍似郎多少

蕙蘭芳

庭院雨晴倚斜照睡餘雙鷺正學染脩蛾官柳細勻黛
綠繡簾半捲透笑語瑣窗華屋帶脆聲咽韵遠近時聞
絲竹　乍著單衣纔拈圓氣候喧燠趁驕馬香車同按

繡坊畫曲人生如寄浪勤耳目歸醉鄉猶勝旅情愁獨

塞垣春

四遠天垂野向晚景雕鞍卸吳藍滴草塞綿藏柳風物堪畫對雨收霧霽初晴也正陌上煙光灑聽黃鸝啼紅樹短長音如寫　懷抱幾多愁年時趁歡會幽雅盡日足相思奈春晝難夜念征塵滿堆襟袖那堪更獨遊花陰下一別鬢毛減鏡中霜滿把

丁香結

煙濕高花雨藏低葉爲誰翠消紅隕歎水流波迅撫艷景尚有輕陰餘潤乳鶯啼處路思歸意淚眼暗忍青青榆莢滿地縱買閑愁難盡 勾引正記著年時乍怯春寒陣陣小閣幽窗殘夢贖粉黛眉曾暈迢遞魂夢萬里恨斷柔腸寸知何時重見空爲相思瘦損

氐州第一

朝日融怡天氣豔冶桃英杏萼猶小燕壘初營蜂衘乍散池面煙光縹緲芳草如薰更瀲灩波光相照錦繡縈

回丹青映發未容春老　倦客自嗟清興少念歸計夢魂飛繞浪闊魚沈雲高鴈阻瞪目添愁抱憶香閨臨麗景無人伴輕顰淺笑想像消魂怨東風孤衾獨曉

解蹀躞

院宇無人晴晝靜看簾波舞自怜春晚漂流尚羇旅那堪淚濕征衣恨添客鬢終日子規聲苦　動離緒謾徘徊愁步何時再相遇舊歡如昨匆匆楚臺雨別後南北天涯夢魂猶記關山屢隨書去

少年遊

人如穠李香濛翠縷芳酒嫩於橙寶燭烘香珠簾閒夜銀宇理鸞笙　歸時醉面春風醒花霧隔疎更低轅彫輪輊櫳驕馬相伴月中行

慶春宮

宿靄籠晴層雲遮日送春望斷愁城籬落堆落簾櫳飛絮更堪遠近鶯聲歲華流轉似行蟻盤旋萬星人生如寄利鎖名韁何用勞縈　鬖鬖皓髮相迎斜照難留朝

霧多零宜趁良辰何妨高會爲酬月皎風清舞臺歌榭遇得旅懽期易成莫辭盃酒天賦吾曹特地鍾情

醉桃源

良宵相對一燈青相思寫砑綾去時情淚滴紅冰西風涕零 愁宛轉意飛騰晴窗穿紙蠅夢知關塞不堪行憶君猶問程

又

鴛鴦濃睡碧溪沙荷花深處家快風收電掣金蛇涼波

流素華　吳國艷楚宮娃紅潮連翠霞坐來忽忽燭光斜城頭聞亂鴉

點絳唇

綠葉陰陰滿城風雨催梅潤畫樓人近朝霧來芳信從解雕鞍休數花吹陣無多悶燕催鶯趁付與春歸恨

夜遊宮

一帶垂楊蘸水映芳草萋萋千里跋馬回堤少年子擁青蛾向紅樓南酒市　拚飲鶯花底恣懽笑粉融香墜

不趁臨分醉中起但依稀寫柔情留蜀紙

又

城上昏煙四斂畫樓外陡聽更點千里相思夢中見恨年華逐東流隨急箭　簾影參差轉夜初過水沈煙亂賸枕餘衾故人遠憶閒窗嚲雲鬟低粉面

訴衷情

一鈎新月淡於霜楊柳漸分行征塵厭堆襟袂雞唱促晨裝　淮水闊楚山長暗悲傷重陽天氣盃酒黃花還

寄他鄉

傷情怨

閒愁眉上翠小儘春山寬了舞鑑孤鸞嚴粧羞獨照

王孫音信尚渺度寒食禁煙須到趁賞芳菲今年春事

早

紅林檎近

花幕高燒燭獸爐深炷香寒色上樓閣春威徧池塘多

情天孫罷織故與玉女穿窗素臉淺約宫粧風韵勝筆

簧　遊冶尋舊侶尊酒老吾鄉清歌度曲何妨塵落雕梁任瑤階平尺珠簾人報賸拚酩酊飛羽觴

又

曉起烟光慘晚來花意寒映月衣纖縞因風佩琅玕三弄江梅聽徹幾點岸柳飄殘宛然舞曲初翻簾影捲波瀾　把酒同嗔醉促膝小留歡清狂痛飲能消多少盤盤況人生如寄相逢半老歲華休作容易看

滿路花

簾篩月影金風捲楊花雪天邊鴻雁少音塵絶春光欲
莫客心歸心折江湖波浪濶目斷家山料應易過佳節
柔情千點杜宇枝頭血危腸餘寸許誰能接眠思夢
憶不似今番切欲對何人說攬鏡沈吟瘦來須有差別

解語花

長空淡碧素魄凝輝星斗寒相射鳳樓鴛瓦天風動冉
冉珮環高下歌清韻雅對好景芳樽滿把花霧濃燈火
瑩煌笑語烘蘭麝　千斛明珠照夜況人如圖畫明豔

容冶繡巾香帕歸來路綏逐杳驀驕馬笙歌散也愁萬炬絳蓮分謝更漏殘鶯聽西樓吹小梅初罷

六么令

照人明豔肌雪消繁燠嬌雲慢垂柔領紺髮濃於沐微暈紅潮一線拂拂桃腮熟羣芳難逐天香國豔試比春蘭共秋菊　當時相見恨晚彼此縈心目别後空憶仙姿路隔吹簫玉何處欄干十二縹緲陽臺曲佳期重卜都將離恨撡與尊前細留矚

倒犯

盡日任梧桐自飛翠堦慵埽閒雲散縞秋容瑩莫天清窈斜陽到地樓閣參差簾櫳悄嫩袖舞涼颸拂拂生林表蕩塵襟寫名醥　攜手故園勝事尋蹤松篁幽徑窵曲沼瞰靜綠蔭簷影龜魚小信倦跡歸來好倩叮嚀長安遊子道鬢髮霜侵莫待菱花照醉鄉深處老

大酺

正夕陽閒秋光淡鴛瓦參差華屋高低簾幙迴但風搖

環珮細聲頻觸瘦怯單衣涼生兩袖零亂庭梧窗竹相
思誰能會是歸程客夢路謫心熟况時節黄昏閉門人
静凭欄身獨　歡情何太速歲華似飛馬馳輕轂謾自
歎河陽青鬢苒苒如霜把菱花悵然凝目老去疎狂減
思隨策小坊幽曲趁游樂繁華國回首無緒清淚紛於
紅蔌話愁更堪剪燭

玉燭新　海棠

海棠初雨後似露粉粧成肉紅團就太真帳裏春眠醒

綫蹙樓前宫漏潮生酒暈獨自倚欄干時候吹鬢影斜立東風餘寒半侵羅袖　驪山宫殿無人想笑問君王豔容如否萬花競鬭難比並麗美巧匀豐瘦閨房挺秀一顧丹鉛低首應對羯鼓聲中清歌美奏

花犯　荷花

渚風低芙蓉花朶清妍賦情味霧綃紅綴看曼立分行閒淡佳麗靚姿豔冶相扶倚高低紛愠喜正曉色嬾窺粧面嬌眠欹翠被　秋色爲花且徘徊朱顔迎縞露還

應顰頞腰肢小腮痕嫩更堪飄墜風流事舊官暗鎖誰
復見塵生香步裏漫歎息玉兒何許繁華空逝水

醜奴兒

凌波臺畔花如剪幾點吳霜煙淡雲黄東閣何人見晚
粧　江南春近書千里誰寄清香別墅横塘鼓角聲中
又夕陽

水龍吟　海棠

錦城春色移根麗姿迥壓江南地瓊酥拂臉彩雲滿袖

羣芳羞避雙燕來時暮寒庭院雨藏烟閉正睡酣未足
宫粧尚怯還輕洒臙脂淚　長是歡遊花底怕東風陡
成怨吹高燒銀燭梁州催按歌聲漸起綠態多慵紅情
不語動揺人意算吴宫獨步昭陽第一可依稀比

六醜

看流鶯度柳似急響金梭飛擲護巢占泥翩翩飛燕翼
昨夢前迹暗數歡娱處豔花幽草縱冶遊南國芳心蕩
漾如波澤繫馬青門停車紫陌年華轉頭堪惜奈離襟

別袂容易踈隔人間春寂　謾雲容暮碧遠水沈雙鯉無信息天涯漸老羇客嘆良宵漏斷獨眠愁極吳霜皎半侵華幘誰復省十載匀香暈粉鬢傾鬟側相思意不離潮汐想舊家接酒巡歌計今難再得

虞美人

花臺響徹歌聲暎白日林中短春心搖蕩客魂消槎粉揉香排比一團嬌　重來猶自尋芳徑吹鬢東風影步金蓮遶處綠苔封不見彩雲雙袖舞驚鴻

又

高樓遠閣花飛遍急雨梢池面脩脩楊柳不知門多少亂煙啼處暮煙昏　銀鈎小字題芳絮宛轉回文語可憐單枕夢行雲腸斷江南千里未歸人

蘭陵王

晚煙直池沼波痕皺碧年芳為花態柳情櫻粉柔藍釀春色繁華記上國曾識傾城幼客風流事聨句送鈎牋緑綃紅遞書尺　行雲去無跡念暎嚮歌臺香霧瑤席

當時誰信盟言食知一歲離聚幾多間阻人生如夢寄堠驛况分散南北　悲惻萬愁積奈鸞鳳歡疎魚雁音寂天涯何處相思極但目斷芳草恨隨塞笛那堪庭院更聽得夜雨滴

蝶戀花

漏泄東君消息後短葉長條著意遮軒牖嫩比鵝黃初熟酒染勻巧費春風手　萬縷飾金新月透入夜柔情還勝朝來秀綠筆彫章知幾首可人標識無新舊

又

一搦腰肢初見後恰似娉婷十五藏朱牖春色惱人濃抵酒風前脈脈如招手　黛染脩眉蛾綠透態婉儀閒自是閨房秀堪惜年華同轉首女郎臺畔春依舊

又

碎玉飛花寒食後薄影行風終日穿疎牖有客思歸還把酒閒吹倦絮輕粘手　雪滿愁城寒欲透飄盡殘英翠幄成穠秀張緒風流今白首少年襟度難如舊

又

翠浪藍光新雨後整整斜斜高下臨窗牖萬斛深傾重碧酒量愁知落誰人手　櫳霧疎烟晴色透照影回風一段嫣然秀白下門東空引首藏鴉枝葉長懷舊

西河

都會地東南王氣須記龍盤鳳舞到錢塘瑞煙回起盡圖瑞筆寫西河波光溶瀁無際　翠瀾最宜半倚柳陰駿馬誰繫鱗差觀閣接飛翚徛廬萬疊倒空碧浸軟琉璃

雲收天淨如水　夕陽照晚聽近市沸笙簫歡動閭里
比屋樂逢堯世好相將載酒尋歌元對酬荅年華鶯花
裏

三部樂

簾捲窗明聽杜宇初啼漏聲初絶亂雲收盡天際留殘
月奈相送行客將歸悵去程漸促霽色催發斷魂別浦
自上孤舟如葉　悠悠音信易隔縱怨懷恨語到見時
難説堪嗟水流急景霜飛華髪想家山路窮望睫空倚

仗魂親夢切不似嫩朶猶能替離緒千結

菩薩蠻

黄雞唱曉玲瓏曲人生兩鬢無重緑官柳繫行舟相思

獨倚樓　來時花未發去後紛如雪春色不堪看蕭蕭

風雨寒

品令

露晞煙靜寂寥轉梧桐寒影天際歷歷征鴻近被風吹

散聲斷無行陣　秋思客懷多少恨謾厭厭誰問暈殘

蘭地香消印夢魂長定愁伴更籌盡

玉樓春

華堂銀燭堆紅淚解說離人多少意恨從別後恨無窮愁到濃時惟一味　江南渭北三千里顦顇相思何日已馬蹄清曉草黏天庭院黃昏花滿地

滿路花

鶯飛翠柳搖魚躍浮萍碎班班紅杏子交榴火池臺畫永縈繞花陰裏山色遙遮供座枕簟清涼北窗時喚高卧

翻思少年走馬銅駝左歸來敲鐙月留關鎖年華老
矣事逐浮雲過今吾非故我那日尊前祇今問有誰呵

欽定四庫全書

和清真詞

石林詞

葉夢得

欽定四庫全書　　集部十

提要　　詞曲類 詞集之屬

石林詞

臣等謹案石林詞一卷宋葉夢得撰夢得有建康集别著録是編乃其詞集陳振孫書録解題作一卷與今本同卷首有關注序稱其兄聖功元符中為鎮江掾夢得為丹徒尉得其小詞為多味其詞婉麗有溫李之風晚歲

落其華而實之能於簡淡時出雄傑合處不
減靖節東坡云云考倚聲一道去古詩頗遠
集中亦惟念奴嬌故山漸近一首雜用陶潛
之語不得謂之似陶注所擬殊爲不類至于
雲峯横起一首全倣蘇軾大江東去幷即參
用其韻又鷓鴣天一曲青山後闋且直用軾
詩語足成是以舊刻頗有與東坡詞彼此混
入者則注謂夢得近于蘇軾其説不誣夢得

本出蔡京之門又其壻章冲乃章惇之孫原屬紹述之黨靖康時幸以胡安國論奏得不廢斥而所著石林詩話猶主持王安石之學而陰抑蘇黄顛乖正論乃其為詞則又挹蘇氏之餘波所謂是非之心有終不可澌滅者耶

丹陽詞

臣等謹案丹陽詞一卷宋葛勝仲撰勝仲有

丹陽集八十卷傳本久佚今已於永樂大典
中裒輯成帙其詞則馬氏經籍考别載一本
此爲毛晉所刻蓋其單行之本也勝仲與葉
夢得酬唱頗多而品格亦復相埒惟葉詞中
有鷓鴣天次魯卿韻觀太湖一闋此卷内未
見原唱而此卷有定風波燕駱駝橋次少藴
韻二闋葉詞内亦未見非當時有所刋削即
傳寫佚脱至浣溪沙三首在夢得詞以爲次

魯卿韻在此卷又以為和少蘊韻則兩者必有一訛不可得而復考矣其江城子後闋押翁字韻亦可證葉詞復押官字之誤瑞鷓鴣生辰一詞獨用仄韻諸家皆無是體據調當改為木蘭花至於字句訛缺凡永樂大典所載者如鷓鴣天第一首後闋懽華本作懽娛第二首後闋紅囊本作紅裳西江月第二首後闋縈塗本作禜塗驀山溪第一首前闋衵

服本作袿服摸名本作摸石第二首後闋横
石本作摸石第三首前闋使登榮本作便登
榮隨柳岸本作隋岸柳西江月第三首後闋
鱸魚本作鱸蓴瑞鷓鴣後闋還過本作還遇
江城子第二首後闋歌鐘下本有捲簾風三
字蝶戀花後闋闌二字本係黃紙二字臨江
仙前闋儒仙本作臞仙第二首後闋缺十二
字本作憑誰都卷入芳樽賦歸歟靖節二句

醉花陰前闋溗挵萬林梅句本作溗栟萬株
梅浪淘沙第二首後闋闞燕本作開燕皆可
證此本校讐之疎又永樂大典本尚有浣溪
沙小飲南鄉子九日虞美人題靈山廣瑞禪
院三詞為是刻所無則訛脱又不止字句矣
乾隆四十九年四月恭校上

總纂官臣紀昀臣陸錫熊臣孫士毅

總校官臣陸費墀

欽定四庫全書

石林詞
提要
四

石林詞序

右丞葉公以經術文章為世宗儒翰墨之餘作為歌詞亦妙天下元符中予兄聖功為鎮江掾公為丹徒尉得其小詞為多是時妙齡氣豪未能忘懷也味其詞婉麗綽有温李之風晚歲落其華而實之能於簡淡時出雄傑合處不減靖節東坡之妙豈近世樂府之流哉陳德昭得之喜甚出以示余揮汗而書不知暑氣之去也詩云誰能執熱逝不以濯公詞之能慰人心蓋如此紹興

十七年七月九日東廡閥注書

欽定四庫全書

石林詞

宋 葉夢得 撰

賀新郎 戲副李王

睡起流鶯語掩蒼苔房櫳向晚亂紅無數吹盡殘花無人見惟有垂楊自舞漸暖靄初回輕暑寶扇重尋明月影暗塵侵上有乘鸞女驚舊恨遽如許 江南夢斷橫江渚浪粘天葡萄漲綠半空煙雨無限樓前滄波意誰

欽定四庫全書

採蘋花寄取但悵望蘭舟容與萬里雲飄何時到送孤鴻目斷千山阻誰為我唱金縷

水調歌頭 濠州觀魚臺作

渺渺楚天闊秋水去無窮兩崕不辨牛馬輕浪舞回風獨倚高樓一笑圉圉遊魚來往還戲此波中危檻對千里落日照晴空　子非我安知我意真同鵬飛鵾化何有滄海漫沖融堪笑磻溪遺老白首直鉤溪畔歲晚忽衰翁功業竟安在徒自兆非熊

又 九月望日與客習射西園余病不能射

霜降碧天靜秋事促西風寒聲隱地初聽中夜入梧桐起瞰高城回望寥落關河千里一醉與君同疊鼓鬧清曉飛騎引雕弓　歲將晚客爭笑問衰翁平生豪氣安在走馬爲誰雄何似當筵虎士揮手弦聲響處雙雁落遥空老矣真堪愧回首望雲中

又 送八舅朝請

江海渺千里飄蕩歎流年等閒疋馬相過乘興却翛然

十載悲歡如夢撫掌驚呼相語往事盡飛煙此會真難偶此醉且留連　酒方半誰輕便動離絃我歌未闋公去明日復山川空有高城危檻縹緲當筵清唱餘響落尊前細雨黃花後飛雁落遙天

又 湖光亭落成

修眉掃遠碧清鏡走回流堤外柳煙深淺碧瓦起朱樓分付平雲千里包卷騷人遺思春色入簾鉤桃李盡無語波影動蘭舟　念謝公平生志在滄洲登臨漫懷風

景佳處每難酬却歎從来賢士如我與公多矣名迹竟誰留惟有尊前醉何必問消憂

又　次韻叔父寺丞林德祖和休官詠懷

今古幾流轉身世兩奔忙那知一丘一壑何處不堪藏須信超然物外容易扁舟相踵分占水雲鄉雅志真無負來日故應長　問騏驥空矯首為誰昂冥鴻天際塵事分付一輕芒認取騷人生此但有輕蓬短楫多製芰荷裳一笑陶彭澤千載賀知章

又 癸丑中秋

河漢只平野香霧捲西風倚空千嶂橫起銀闕正當中常恨年年此夜醉倒歌呼誰和何事與君同莫恨歲華晚容易感梧桐　攬清影君試與問天公遙知玉斧初斲重到廣寒宮付與孤光千里不遣微雲點綴為我洗長空老去狂猶在應未笑衰翁

又

秋色漸將晚霜信報黃花小窻低戶深映微路繞欹斜

為問山公何事坐看流年輕度拚却鬢雙華徙倚望滄海天淨水明霞　念平昔空飄蕩徧天涯歸來三徑重掃松竹本吾家却恨悲風時起冉冉雲間新鴈邊馬怨胡笳誰似東山老賭墅興偏賒

八聲甘州 壽陽樓八公山作

故都迷岍草望長淮依然繞孤城想烏衣年少芝蘭秀發戈戟雲横坐看兵戈南渡沸浪駭奔鯨轉盼東流水一顧功成　千載八公山下尚斷崖草木遥擁崢嶸漫

雲濤吞吐無處問豪英信勞生空成今古笑我來何事愴遺情東山老可堪歲晚獨聽桓箏

又 正月二日作是歲閏正月十四日纔立春

又新正過了問東風消息幾時來笑春工多思留連底事猶未輕回應為瑤刀裁剪容易惜花開試向湖邊望幾處寒梅　好是綠莎新徑剩安排芳意特地重裁便從今追賞莫遺暫停盃有千株深紅淺白倩纖歌急管特相催遲看取暖煙細靄先到高臺

又

問浮家泛宅自玄真去後有誰來漫煙波千頃雲峰倒影空翠成堆可是溪山無主佳處且徘徊暮雨捲晴野落照天開　老去餘生江海伴遠公香火猶有宗雷便何妨元亮攜酒間相陪寄清談芒鞵笻杖更盡驅風月入尊罍江村路我歌君和莫棹船回

又 甲辰承詔知止亭初畢工劉無言相過

寄知還倦鳥對飛雲無心兩難齊漫飄然欲去悠然且

止依舊山西十畝荒園未遍趁雨却鋤犁敢忘鄰翁約
有酒同攜　況是岩前新建帶小軒橫絕松桂成蹊試
憑高東望雲海與天低送滄波浮空千里照斷霞明滅
卷晴霓君休笑此生心事老更沉迷

念奴嬌　南歸渡揚子作雜用淵明語

故山漸近念淵明歸意翛然誰論歸去來兮秋已老松
菊三徑猶存稚子歡迎飄飄風袂依約舊衡門琴書蕭
散更欣有酒盈尊　惆悵萍梗無根天涯行已徧空負

田園去矣何之牕戶小容膝聊倚南軒倦鳥知還晚雲遙映山氣欲黃昏此還真意故應欲辨忘言

又 中秋燕客有懷壬午歲吳江長橋

洞庭波冷望冰輪初展滄海沉沉萬頃孤光雲陣卷長笛吹破層陰洶湧三江銀濤無際遙帶五湖深酒闌歌罷至今鼉怒龍吟　回首江海平生漂流容易散佳會難尋縹緲高城風露爽獨倚危闌重臨醉倒清尊姮娥應笑猶有向來心廣寒宮殿為予聊借瓊林或刻百字令字句與

此迴異

又

雲峰橫起障吳關三面真成尤物倒卷回潮目盡庭秋水黏天無壁綠鬢人歸如今雖在空有千莖雪追尋如夢謾餘詩句猶傑　聞道尊酒登臨孫郎終古恨長歌時發萬里雲屯瓜步晚落日旌旗明滅鼓吹風高畫船遥想一笑吞窮髮當時曾照更誰重問山月

滿庭芳 雨後極目亭寄示張敏仲程致道

麥隴如雲清風吹破夜來踈雨纔晴滿川煙草殘照落微明縹緲危欄曲檻遥天盡日脚初平青林外參差暝靄縈帶遠山横　孤城春雨過緑陰是處時有鶯聲閙落絮遊絲畢竟何成信步蒼苔遶徧真堪付閒客閒行微吟罷重回皓首江海渺遥情

又　張敏叔程致道和示復用韻寄酬

楓落吴江扁舟摇蕩暮山斜照催晴此心長在秋水共澄明底事經年易拚驚遺恨悄悄難平臨風處佳人萬

里霜笛與誰横　長城誰敢犯知君五字元有詩聲笑
茅舍何時歸此真成綵鬢朱顔老盡紫居在行即終行
聊相待狂唱醉舞雖老未忘情

又　次韻答蔡州王道濟大夫見寄

一曲離歌煙林人去馬頭微雪新晴隔年光景回首近
清明斷送殘花又老春波静湖水初平誰重到雕欄盡
日遥想畫橋横　高城凝望久何人為我重唱餘聲問
桃李更有幾處陰成老去從遊似夢尊前事空有經行

猶能記殷勤寄語多謝故人情

滿江紅 重陽賞菊時余已除代

一朶黄花先催報秋歸消息滿芳枝凝露為誰裝飾便向尊前拚醉倒古今同是東籬側問何須特地賦歸来抛彭澤　回首去年時節開口笑真難得使君今那更自成行客霜鬢不辭重插滿他年此會何人憶記多情曾伴小闌干親攀摘

又

雪後郊原煙林外梅花初坼春欲半猶自探春消息一眼平蕪看不盡夜來小雨催新碧笑去年攜酒折花人花應識 蘭舟漾城南陌雲影淡天容窄繞風漪十頃暖浮晴色恰是槎頭收釣處坐中仍有江南客問如何兩槳下苕溪吞雲澤

應天長 自潁上縣欲還具作

松陵秋已老正柳岸田家酒醅初熟鱸膾蓴羮萬里水天相續扁舟波浩渺寄一葉暮濤吞沃青蒻笠西塞山

前自翻新曲　來往未應足便細雨斜風有誰拘束陶寫中年何待更須絲竹鴻軒千古意算入手比來尤速最好是千點雲峰半篙澄淥

定風波 與幹譽才卿步西園始見青梅

破萼初驚一點紅又看青子映簾櫳冰雪肌膚誰復見清淺尚餘疎影照晴空　惆悵年年桃李伴腸斷祇應芳信負東風待得微黃春亦暮煙雨半和飛絮作濛濛

又

渺渺空波下夕陽睡痕初破水風凉過雨歸雲留不住何處遠村煙樹半微茫　莫笑經年人老矣歸計得遅留處也何妨老子興來殊不淺簾捲更邀明月坐胡牀

又

千步長虹跨碧流兩山浮影轉螭頭付與詩人都總領風景更逢仙客下瀛洲　嫋嫋凉風吹汗漫平岍遥空新卷絳河秋却怪姮娥真好事須記採支明月作中秋

又

斜漢初看素月流坐驚金餅出雲頭華髮蕭然吹素領光景何妨分付屬滄洲　莫待霜花飄爛漫蘋岓更憑佳句盡拘收解與破除消萬事猶記一尊同得二年秋

此魯卿見和復答之

江城子　原刻六闋考銀濤無際卷蓬瀛是東坡詞删去

碧潭浮影蘸紅旗日初遲漾晴漪我欲尋芳先遣報春知盡放百花連夜發休更待曉風吹　滿攜尊酒美繁枝與佳期伴羣嬉猶有郢人爭唱醉翁詞應笑今年狂

太守能痛飲似當時

又 大雪與客登極目亭

蹁躚飛舞半空來曉風催巧縈迴野曠天遥回望興悠哉欲問玉京知遠近試攜手上高臺雲濤無際卷崔嵬歛浮埃照瓊瑰點綴林花真個是多才說與化工留妙手休盡放一時開

又 再送盧倅

芙蓉開過雨初晴曲池平畫橋横耿耿銀河遥下㸃空

明一舸吴松歸未得聊共住小蓬瀛　問君何事引前旌趣歸程背高城魚鳥三年誰道總無情試遣他年歌此曲應尚記别時聲

又 登小吴臺小飲

生涯何有但青山小溪灣轉潺湲投老歸來終寄此山間茅舍半欹風雨横荒徑晚亂榛菅　强扶衰病上巉顛水雲閒伴躋攀湖海蒼茫千里在吴闗漫有一盃聊自醉休更問鬢毛班

又次韻葛魯卿上元

甘泉祠殿漢離宮五雲中渺難窮永漏通宵壺矢轉金銅曾從鈞天知帝所孤鶴老寄遼東　强扶衰病步龍鍾雪花濛打牕風一點青燈惆悵伴南宮唯有使君同此恨丹鳳闕水雲重

竹馬兒

與君記平山堂前細柳幾回同挽又征帆夜落危檻依舊遥臨雲巘自笑來往匆匆朱顔漸改故人俱遠横笛

想遺聲但寒松千丈傾崖蒼蘚　世事終何已田陰縱在歲陰仍晚嵇康老來尤嬾只要尊羮菰飯却欲便買茆廬短蓬輕檝尊酒猶能辦君能過我水雲聊為伴

浣溪沙　重陽一日極目亭

小雨初回昨夜凉繞籬新菊已催黄碧空無際卷蒼茫千里斷鴻供遠目十年芳草掛愁腸緩歌聊與送瑶觴

又

睡粉輕消露臉新醉紅初破玉肌勻尊前留得兩州春
剩挽雕盤欹醉帽重催飛騎走紅塵十年蘭蓷笑騷
人

又 送盧倅

荷葉荷花水底天玉壺冰酒釀新泉一歡聊復記他年
我亦故山歸去客與君分手暫流連佳人休唱好因
緣

又 意在亭

休笑山翁不住山二年偷向此中閒歸來贏得鬢毛斑甕底新醅供酩酊城頭曲檻俯淙潺山翁元在此山閒

又 許公堂席上次韻王幼安

絳蠟燒殘夜未分寶箏聲暖拍初匀斗樞光照坐生春便恐賜還歸衮繡莫辭揮翰落煙雲鳳城西去斷離魂

又 用前韻再答幼安

綠野歌歡喜見分驟鶯和氣曉來勻妙歌誰敢和陽春
梅蕋舊年迎臘雪月華今夜破寒雲獨醒爭笑楚人
魂

又 次韻王幼安曾存之園亭席上

物外光陰不屬春斷留風景伴佳辰醉歸誰管斷腸人
柳絮尚飄庭下雪梨花空作夢中雲竹間籬落水邊
門

又 與魯卿酌別席上次韻

千古風流詠白蘋。二年歌笑擁朱輪翩翩却憶上林春
匆屨便應陪北闕袴襦那更假西人玉堂金殿要詞
臣

永遇樂 寄懷張敏叔程致道

蘋芷芳洲故人回首雲海何處五畝荒田殷勤問我歸
此真成否洞庭波冷秋風嫋嫋木葉亂隨風舞記扁舟
橫斜載月目極暮濤煙渚　傳聲試問垂虹千頃蘭棹
有誰重駐雪濺雷翻潮頭過後颿影歘前浦此中高興

何人鮮道天也未應輕付且留取千鍾痛飲與君共賦

又　蔡州移守潁昌與客會別臨芳觀席上武刻蘸子瞻

天末山橫半空簫鼓樓觀高起指點裁成東風滿院總是新桃李綸巾羽扇一尊飲罷目送斷鴻千里攬清歌餘音不斷縹緲尚縈流水　年來自笑無情何事猶有多情遺恩綠鬢朱顏匆匆拚了却記花前醉明年春到重尋幽夢應在亂鶯聲裏拍闌干斜陽轉處有誰共倚

臨江仙

聞道今年春信早，梅花不怕餘寒。憑君先近向南看。香苞開遍未，莫待北枝殘。　腸斷隴頭他日恨，江南幾驛征鞍。一盃聊與盡餘歡。風情何似我，老去未應闌。

又 雪後寄閩十

夢裏江南渾不記，祇今幽戶難忘。夜來急雪繞東堂。竹牕松徑裏，何處問歸艎。　瓮底新醅應已熟，一尊知與誰嘗。會須雄筆卷蒼茫。雲濤聲隱戶，瓊玉照頹牆。

又 與客湖上飲歸

不見跳魚翻曲港湖邊特地經過蕭蕭踈雨亂風荷微雲吹盡散明月墮平坡 白酒一盃還徑醉歸來散髮婆娑無人能唱採菱歌小軒欹枕簷影挂星河

又 送章長卿還姑蘇兼寄程致道

碧瓦新霜侵曉夢黃花已過清秋風飄何處挂扁舟故人歸欲盡斜日更回頭 樂圃橋邊煩借問有人高卧江樓寄聲聊為訴離憂桂叢應已老何事久淹留

又 席上次韻韓文若

聞道安車來過我，百花未敢飄零。疾催絃管送盃行。五
朝瞻舊老，揮麈聽風生。　鳳詔遠從天上落，高堂燕喜
初醒。莫言白髮減風情。此時誰得似，飲罷却精神。

又　晁以道見和答韓文若之句復答之二首

三月鶯花都過了，曉來雪片猶零。嵩陽居士記行行。西
湖初水滿，遥想縠紋生。　欲為海棠傳信息，如今底事
長醒。不應高卧頓忘情。留春春不住，老眼若為明。

又

唱徹陽關分别袂佳人粉淚空零請君重作醉歌行一

歡須痛飲回首念平生　却怪老來風味減半酣易逐

愁醒因花那更賦閑情鬢毛今爾耳空笑老淵明

又　次韻洪思成湖上

瀲灔湖光供一笑未須醉日論千將軍曾記舊臨邊野

塘新水漫煙岸酒如舩　却怪情多春又老回腸又逐

愁煎何如旌旆鬱相連凱歌歸玉帳錦帽碧油前

又　同王幼安洪思成過曾存之園亭

學士園林人不到傳聲欲問江梅曲欄清淺小池臺已知春意近為我著詩催　急管行觴舞園袖故人坐上天台幼安與存之少相從此歡此宴固難陪不辭同二老倒載習池回

又次韻荅幼安思成存之集上梅花

不與羣芳爭艷艷化工自許寒梅一枝臨晚照歌臺眼明渾未見絃管莫驚催　記取劉郎歸去路千年應話天台酒闌不惜更重陪夜寒衣袂薄猶有暗香回

又 晚之湖上

三日疾風吹浩蕩綠蕪未徧平沙約回殘影射明霞水光遥泛坐煙柳互欹斜　霜鬢不堪春點檢留連又見芳華一枝重插去年花此身江海夢何處定吾家

又 熙春臺與王取道賀方回曾公袞會别

自笑天涯無定準飄然到處遲留興闌却上五湖舟鱸蓴新有味碧樹已驚秋　臺上微涼初過雨一樽聊記同遊寄聲時為到滄洲遥知欹枕處萬壑看交流

又　次葛魯卿法華山曲水勸酒

山半飛泉鳴玉珮回波倒卷粼粼解巾聊濯十年塵青山應却怪此段久無人　行樂應須賀太守風光過眼逡巡不辭常作坐中賓只愁花解笑裏鬢不宜春

又　西園右春亭新成

手種千株桃李樹參差半已成陰主人何事馬駸駸二年江海路空負種花心　試向中間安小檻此還長要追尋却驚揺落動悲吟春歸知早晚為我變層林

又南山絶頂作臺新成與客賞月

絶頂參差千嶂外不知空水相浮下臨湖海見三洲落霞橫暮景爲客小遲留　卷盡微雲天更濶此行不負清秋忽驚河漢近人流青霄原有路一笑倚瓊樓

又明日與客復登臺再用前韻

一醉三年那易得應須大白同浮已知絶景是吾州嫦娥仍有意更肯爲人留　萬籟無聲遥夜永人間未識高秋從來我客盡風流故知憐老子尤勝枉南樓

又
明日小雨已而風大作復晚晴遂見月與客再登

卷地驚風吹雨過却看香霧輕浮遥知清影徧南州萬峯橫玉立誰為此山留　邂逅一歡須共惜年年長記今秋平生江海恨飄流元龍真老矣無意卧高樓

又
詒芳亭贈坐客

一醉年年今夜月酒船聊更同浮恨無羯鼓打梁州遺聲猶好在風景一時留　老去狂歌君勿笑已拚霜鬢成秋會須擊節泝中流一聲雲外笛驚看水明樓世傳梁州

西梁府初進此曲會明皇遊月宫還記霓裳之曲適相近因作霓裳羽衣曲以梁州名之是夕約諸君明夜泛舟故有梁州中流之句

又

草草一年真過夢此生不恨萍浮且令從事到青州已能從辟穀那更話封留　好月尚尋當日約故人何啻三秋援琴欲寫竹間流此聲誰解聽吟上仲宣樓

虞美人　雨後同幹譽才卿置酒來禽花下作　或刻蘇子瞻或刻周美成

落花已作風前舞又送黄昏雨曉來庭院半殘紅惟有

游絲千丈罥晴空　慇勤花下同攜手更盡杯中酒美人不用斂蛾眉我亦多情無奈酒闌時

又 極目亭望西山

翻翻翠葉梧桐老雨後涼生早葛巾藜杖正關情莫遣繁蟬容易作秋聲　遥空不盡青天去一抹殘霞算病餘無力厭躋攀為寄曲欄幽意到西山

又 上巳席上

一聲鶗鴂催春晚芳草連空遠年年餘恨怨殘紅可是

無情容易愛隨風　茂林修竹山陰道千載誰重到半湖流水夕陽前猶有一觴一詠似當年

又 同蔡寛夫置酒王仲弓出歌人聲甚妙

東風一夜催春到楊柳朝來好莫辭尊酒重攜持老去情懷能有幾人知　鳳臺園裏新詩伴不用相追喚一聲清唱落瓊巵千頃西風煙浪晚雲遲

又

數聲微雨風驚曉燭影欹殘照客愁不奈五更寒明日

梨花開盡有誰看　追尋猶記清明近為向花前問東
風正使解欺儂不道花應有恨也匆匆

又 寒食泛舟

平波漲綠春隄滿渡口人歸晚短篷輕楫費追尋始信
十年歸夢是如今　故人回望高陽里遥想車連騎尊
前點檢舊年春應有海棠猶記插花人

又 適堂睡起同吹洞簫

綠陰初過黃梅雨隔葉聞鸎語睡餘誰遣夕陽斜時有

微涼風動入窓紗　天涯走徧終何有白髮空搔首未
須錦瑟怨年華為報一聲長笛怨梅花

又　贈蔡子因

梅花落盡桃花小春事餘多少新亭風景尚依然白髮
故人相遇且留連　家山應在層林外悵望花前醉半
天煙霧尚連空笑取扁舟歸去與君同

減字木蘭花

黃花暫老秋色欲歸還草草花下前期花老空歌鵲踏

枝　狂醒易醒不似舊時長酩酊玉簞新涼數盡更籌
夜更長

又　雪中賞牡丹

前村夜半每為江梅腸欲斷淺紫深紅誰信漫天雪裏
逢　醉頭扶起宿酒欄干猶困倚便更催殘明日東風
為掃看

又　王幼安見和前韻復用韻荅之

粉消粧半一曲陽春歌始斷便覺香紅十倍光華昔未

逢　楊花吹起猶自風前相枕倚莫恨春殘留取新詩仔細看

木蘭花 二月二十六日晚雨集客湖上

花殘却似春留戀幾日餘香吹酒面濕煙不隔柳條青小雨池塘初有燕　波光縱使明如練可奈落紅粉似霰解將心事訴東風只有啼鶯千種囀

點絳唇 晚出山榭春初植蘭榭側近復生紫芝十一本

高柳蕭蕭睡餘已覺西風勁小窓人靜淅瀝生秋聽

底事多情欲與流年競殘雲暝隆巾慵整獨立芝蘭徑

又 紹興乙卯登絕頂水亭

縹緲危亭笑談獨在千峯上與誰同賞萬里橫煙浪

老去情懷猶作天涯想空惆悵少年豪放莫學衰翁樣

又 丙辰八月二十七日雨中與何彥亨小飲

山上飛泉漫流水下知何處亂雲無數留得幽人住

深閑柴門聽盡空簷雨秋還暮小窓低戶唯有寒蛩語

鷓鴣天 與幹譽賞梅

不怕微霜點玉肌恨無流水照氷姿與君着意從頭看初見今年第一枝　人醉後雪消時江南春色寄來遲使君盡是花前客莫怪慇勤為賦詩

又　元夕次韻幹譽

夾路行歌盡落梅篆煙香細裊寒灰雲移碧海三山近月破中天九陌開　追樂事惜多才車聲遥聽走隨雷十年夢斷鈞天奏猶記流霞醉後杯

又　雨後湖上看落花

小雨初收報夕陽歸雲欲渡轉橫塘空回雨蓋翻新影不見瓊肌洗暗香　追落景弄微涼尚餘殘淚浥空床秖應自有東風恨長遺啼痕破晚粧

又續採蓮曲

曉日初開露未晞夕陽輕散雨還微暗搖綿霧遊儵戲斜映紅雲屬玉飛　情脉脉恨依依沙邊空見棹船歸何人解舞新聲曲一試纖腰六尺圍

又次韻魯卿大錢觀大湖

蘭菭空悲楚客秋旌旗誰見使君遊凌雲不隔三山路破浪聊憑萬里舟　公欲去尚能留杯行到手未宜休新詩無物堪倫比願探珊瑚出玹鉤

又　與魯卿晚雨泛舟出西郭用煙波定韻

天末殘霞卷暮紅波間時見没凫翁斜風細雨家何在老矣生涯盡個中　惟此意與公同未須持酒祝牛宮傍人不解青蓑意猶説黄金寶帶重

又

一曲青山映小池綠荷陰盡雨離披何人解識秋堪美莫為悲秋浪賦詩　攜濁酒繞東籬菊殘猶有傲霜枝一年好景君須記正是橙黃橘綠時梁范堅嘗謂欣成惜敗者物之清秋為萬物成功之時宋玉作悲秋非是乃作美秋賦云

水龍吟西湖燕客作

對花常欲流春恨春故遣花飛早晚來雨過綠陰新處幾番芳草一片飄時已知消減滿庭誰掃料多情也似愁人易感先催趂朱顔老　猶有清明未過但狂風匆匆

難保酒醒夢斷年年此恨不禁煙草衹恐春去應留芳信與花爭好有姚黄一朶慇懃付與送金杯倒

又

八月十三日與張少逸游道場山放舟中流命工吹笛舟尾迎月歸作

桅樓横、笛孤吹暮雲散盡天如水人間底事忽驚飛墮氷壺千里玉樹風清漫波搖卷與空無際謝嫦娥此夜殷勤偏照、知人在千山裏 常恨孤光易轉仗多情使君料理闕 一杯起舞曲終須記但尊前有酒常追舊事揜年年醉

千秋歲 次韻兵曹席孟惠廨中千葉黃梅

曉煙溪畔曾記東風面化工更與重裁剪額黃明艶粉不共妖紅軟凝露臉多情正是當時見 誰向滄波岸特地移閑館情一縷愁千點煩君搜妙語為我催清燕須細看紛紛亂蕋空几艶

又 小雨達旦東齋獨宿不能寐有懷松江舊游

雨聲蕭瑟初到梧桐響人不寐秋聲爽低簷燈暗淡畫幕風來往誰共賞依稀記得船篷上 拍岸浮輕浪水

濶蓀蒲長向别浦收横網緑蓑衝暝色艇子揺雙槳君莫忘此情猶是當時唱

驀山溪 百花洲席上次韻司録董庠

一年春事常恨風和雨趁取未殘時醉花前春應相許山翁倒載日暮習池回問東風春知否莫道空歸去滿城歌吹也似春和豫争笑使君狂占風光不教飛絮明朝酒醒滿地落殘紅唱新詞追好景猶有君收聚

清平樂

水空相映淡碧涵千頃素練不收寒玉鏡影落階無影纖纖與捧金盃暗香逐舞徘徊雪盡玉容開徧東風不管寒梅

雨中花慢 寒食前一日小雨牡丹已將開與客置酒坐中戲作

痛飲狂歌百計强留風光無柰春去也應知相賞未忍相違卷地風驚爭催春暮雨頓回寒威對黃昏蕭瑟氷膚洗盡猶覆霞衣　多情斷了為花狂惱故飄萬點霏微低粉面粧臺酒散淚顆頻揮可是盈盈有意祇應真

惜分飛拚令吹盡明朝酒醒忍對紅稀

南鄉子 池亭新成晚步

淺碧蘸鱗鱗照眼全無一點塵百草千花過過了初新翠竹高槐不占春　歌嘯墮綸巾午醉醒來尚欠伸待得月明歸去也青蘋更有涼風解送人

又 自後圃晚步湖上

小院雨新晴初聽黃鸝第一聲滿地落陰人不到盈盈一點孤花尚有情　却傍水邊行葉底跳魚浪自驚日

暮小舟何處去斜横衝破浪痕久未平

又 癸卯種梅於西巖地瘦難立石間無花今歲十一月輙先開數枝喜而為賦

山畔小池臺曾記幽人著意栽亂石參差春至晚徘徊素景衝寒却自開　絶艷照瓊瑰孤負芳心巧翦裁應恐練裙驚縞夜殘盃且放疎枝待我來

卜算子 鳳皇亭納涼

新月挂林梢暗水鳴枯沼時見疎星落畫檐幾點流螢小　歸意已無多故作連環繞欲寄新聲問採蓮水濶

煙波渺

又 並潤頃種木芙
蓉九月旦盛開

曉雨洗新粧黯黯驚褰眼不赴東風取次開待得青霜
晚曲港照回流影亂微波淺作態低昂好自持水潤
煙波遠

菩薩蠻 湖光亭晚集 草堂
集作重疊金 秋思

平波不盡蒹葭遠清霜半落沙痕淺煙樹晚微茫孤鴻
下夕陽 梅花消息近試向南枝問記得水邊春江南

別後人

蝶戀花

薄雪消時春已半踏徧蒼苔手挽花枝看一縷遊絲牽不斷多情更覺蜂兒亂　盡日平波回遠岸倒影浮光却記氷初泮酒力無多吹易散餘寒向晚風驚幔

醉蓬萊　楚州上巳懐許下西湖寄曽在之王仲弓韓文表

問東風何事斷送残紅便拚歸去牢落征途笑行人羈旅一曲陽關斷雲残靄做渭城朝雨欲寄離緑陰千轉

黃鸝空語　遥想湖邉浪揺空翠絃管風高亂花飛絮曲水流觴有山公行處翠袖朱闌故人應也弄畫船煙浦為寫相思尊前為我重翻新句

南歌子　是日微雨過午而霽晚遂月出次劉無言韻

雨惜山雲歛雲矜棹影閑忽看霽色射林隈為問明亭清影為誰來　盡洗歸時路重傾醉後盃未應霜雪逼相催留得佳期猶在共徘徊

採桑子　冬至日與許幹譽章幾道飯積善晚歸雪作因留小飲

山溪小路歸來晚暮雪繽紛尊酒慇勤邂逅相從只有
君全家住處無人到元在重雲此景誰分萬玉參差
更作羣

欽定四庫全書

石林詞

丹陽詞

葛勝仲

欽定四庫全書

丹陽詞

宋 葛勝仲 撰

江神子 初至休寧冬夜作

昏昏雪意慘雲容獵霜風歲將窮流落天涯顦悴一衰翁清夜小窻圍獸火傾酒綠借顔紅　官梅疎艶小壺中晴香濃玉玲瓏對景忽驚身在大江東上國故人誰念我晴嶂遠暮雲重

蝶戀花 二月十三日同安人生日作二首

雨後春光濃似醉著柳催花節物侵龍忌繡褓香閨當日珮紫蘭宮墮人間世　歌管停雲香吐穟碧酒紅裳共祝魚軒貴天上阿環金籙秘鶴龜共壽三千歲

又

共樂堂深簾不捲惻惻寒輕二月春猶淺續壽競來歌舞院龍涎香襯鮫綃段　畫棟朝飛雙語燕端似知人著意窺金盞柳外花前同祝願朱顏長在年齡遠

臨江仙 尉姜補之託疾臥家作

郊外黄垓端可厭歸來移病香閨象牀珍簟共委蛇者婆尋草盡天女散花遲 小雨作寒秋意晚簷聲與夢相宜冷侵羅幌酒煙微試評書五朶何似畫雙眉

漁家傲 初創真意亭子南溪遊陟晚歸作

巖壑縈回雲水窟林深路斷迷煙客茆屋數椽攜杖舄人寂寂侵簷萬箇琅玕碧 倦客羈懷清似滌更無一點飛埃迹溪漲漫流過几席寒湜湜鳧鷺點破琉璃色

又

疊疊雲山供四顧簿書忙裏偷閑去心遠地偏陶令趣
登覽處清幽疑是斜川路　野蔌溪毛供飲具此身甘
被煙霞痼興盡碧雲催日暮招晚渡遥遥一葉隨鷗鷺

鷓鴣天 九月十三日攜家遊夏氏林亭燕集作并送湯詞

小榭幽園翠箔垂雲輕日薄淡秋暉菊英露浥淵明徑
藕葉風吹叔寶池　酬素景泥芳巵老人癡鈍强伸眉
懽譁莫遣笙歌散歸路從教燈影稀

又

婆律香濃氣味佳玻瓈仙盌進流霞凝膏清滌高陽醉
靈液甘和正焙芽　香滲指浪浮花加籩禮盡客還家
貫珠聲斷紅囊散踏影人歸素月斜

點絳唇 縣絲愁坐作

秋晚寒齋藜牀香篆橫輕霧閒愁幾許夢逐芭蕉雨
雲外哀鴻似替幽人語歸不去亂山無數斜日荒城鼓

行香子 愁況無坐作

風物颼颼木落滄洲漸老人不柰悲秋覊懐都在鬢上眉頭似休文瘦文通恨子山愁　庭梧影薄籬菊香浮强招尋聊命朋儔窮通皆夢今古如流且淵明逕子猷舫仲宣樓

訴衷情

清明寒食景暄妍花映碧羅天參差捍撥齊奏豐頰擁芳筵　逢誕日揖真仙託爐煙朱顔長似頭上花枝歲歲年年

水調歌頭 程良器嘉量別賦一闋紀泛舟之會往返次韻

夜泛南溪月光影冷涵空棹飛穿碎金電翻動水晶宫橫管何妨三弄重醑仍須一斗知費幾青銅坐久桂花落襟袖覺香濃　庾公閣子猷舫興應同從來好景良夜我輩敢情鍾但恐仙娥川后嫌我塵容俗狀清境不相容擊汰同清賞賴有紫溪翁

又

下瀨驚船駛揮麈恐尊空誰吹尺八寥亮嚼徵更含宫

坐愛金波瀲灔影落蒲萄漲緑夜漏儘移銅回棹攜紅袖一水帶香濃　坐中客馳雋辯語無同青鞵黄帽此樂誰肯換千鍾岩壑從來無主風月故應長在賞不待先容羽化尋煙客家有左仙翁

又

勝友欣傾蓋羈宦嬾書空愛君筆力清壯名已在蟾宫蕭散英姿直上自有練帬葛帔豈待半通銅長短作新語墨紙似鴉濃　山吐月溪泛艇率君同吾儕轟飲文字

樂不在歌鐘今夜長風萬里且倩泓澄浩蕩一為洗塵容世上閒榮辱都付塞邊翁

木蘭花 與諸人泛溪作

曲欄干外池光闊午夜喬林迷岸樾掠船涼吹起青蘋縈水歌聲欺白雪 檀郎響趂紅牙節吳語嘈嘈仍切切人生何樂似同襟莫待驪駒聲慘咽

滿庭芳 任昉嘗為新安太守風流名迹圖經史牒具載感今懷古作

百不為多一不為少阿誰昔仕吾邦共推任筆洪鼎力

能扛不為桃花祿米讎書倦一葦横江招尋處徒行曳杖曽不擁麾幢　山川真大好魚磯無恙嶔嶺難雙聽訟訴多就樵塢僧窻歲月音容遠矣風流在遐想心降雲煙路搜奇弔古時為倒空缸

醉蓬萊 天寧節作

望蔥蔥佳氣虹渚祥開斗樞光遠析木天津正靈暉騰照鷺綴分班象胥交貢奉御觴清曉玉殿寒輕金徒漏永瑞爐煙裊　萬寓均歡示慈頒燕壽祝南山慶均皃

藻縹緲紅雲望九重天表舞獸鏘洋抃鼇欣戴度管絃聲杳歷草長新蟠桃永秀與天難老

西江月 正月十七日與文中自邑境偏遊歙縣祁門山水十九日在縣邑同靈觀夜燕作

羈宦新來作惡窮途誰肯相從追攀十日水雲中情誼知君獨重 寂寂回廊小院冥冥細雨尖風鳳山香雪定應空昨夜踈枝入夢

又

山鎮紅桃阡陌煙迷綠水人家塵容誤到只驚嗟骨冷

玉堂今夜　莫對佳人錦瑟休辭洞府流霞峯回路轉
亂雲遮歸去空傳圖畫

南鄉子 三月望日與文中諸賢泛舟南溪作

柳岸正飛綿選勝齋輕漾碧漣笑語忘懷機事盡鷗邊
萬頃溪光上下天　菰葦久延緣不覺遥峰靄暮煙對
酒莫嫌紅粉陋嬋娟自有孤高月婦仙

浣溪沙 木芍藥詞

可惜隨風面旋飄直須燒燭看妖嬈人間花月更無妖

濃麗獨將春色殿繁華端合衆芳朝南牀應爲醉淘
淘

又

通白輕紅溢萬枝濃香百和透豐肌丹山威鳳勢將飛
玉鏡臺前呈國艷沈香亭北映朝曦如花惟有上皇
妃

又

鬬鴨欄邊曉露沾華堂醉賞軸珠簾插花人好手纖纖

遮護輕寒施翠幄標題仙品露牙籤詞人遺恨獨江淹

西江月 次韻林茂南博士杞泛溪

山外半規殘日雲邊一縷餘霞滿城飛雪散苕花萬頃溪連罨畫　柳惲風流舊國鶴齡瀟洒人家肯嗟流落在天涯雲水從今起價

又 代監酒和

晚路交游綠酒平生志趣青霞霜風時節近黃花泛宅

舟將鷁畫　不分兩溪明月夜深只屬漁家今朝清賞
寄情涯肯向榮塗索價

蝶戀花 和王廉訪

風過漣漪紋縠細十指香檀驚破交禽睡野蕨溪毛真
易致風流未減蘭亭會　擊汰千艘供洛禊映水垂楊
萬縷拖濃翠小海一聲波上戲慇懃留客千金意

臨江仙 燕諸部使者

自古吳興稱冷僻菰城水浸粼粼回星難望使車塵如

何三日飲併有五行人　文似枚皐加敏速記書易若張巡慔中無用郄嘉賔他年浮東會莫忘雨溪春

又

千古烏程新釀美玉觴風過粼粼歌聲未辦起梁塵九天恃斧客來作繡衣人　夙有辭華驚乙覽傳聞獻頌東巡未應握節久留賔一封馳詔旨却醉上林春

又　與葉少藴夢得上巳遊法華山九曲池流盃

小様洪河分九曲飛泉環遶粼粼青蓮往事已成塵羽

觴浮玉斝寶劒捧金人　綠綺且依流水調蓬蓬擂鼓催巡玉堂詞客是佳賓茂林脩竹地大勝永和春

定風波 與葉少蘊陳經仲彦文燕駱駝橋少蘊作次韻二首

千疊雲山萬里流坐中碧落與鼇頭真意見嬉吾已領煙景不辭捧詔久汀洲　老去一官真是漫溪岸獨餘此興未能收留與吳兒傳勝事長記赤欄橋上攬清秋

又

共喜新涼大火流一聲水調聽歌頭況有脩蛾兼粉領

佳景謝公無不礙滄洲　平昔短檠真大漫氣岸老來

都向酒盃收雲水光中修禊事猶記轉頭不覺已三秋

浣溪沙　少蘊內翰同年寵速且出後堂并製歌詞侑觴即席和韻二首

今夜風光戀渚蘋欲教四角出車輪金釵離立座生春

神女恍驚巫峽夢飛瓊原是閬風人詔封後院寵儒

臣

又

溪岸沈深屬泛蘋傾城容貌此推輪可憐虛度二年春

暮暮來時騷客賦朝朝新處後庭人天留花月伴羈
臣

又 少蘊內翰同年寵速遣妓隱簾吹笙因成一闋

東道慇懃玉斝飛華燈傾國擁珠璣玉奴嫌瘦玉環肥
縹緲幸聞緱嶺曲參差猶隔夏侯衣放開雲月出清
輝

瑞鷓鴣 和通判送別

兩年人住豈無情別棄辭華四水清何事千鍾勸飲餞

故知一別未能輕　解龜雖幸樊籠出挂席還愁海汐平江草江花都是淚驪駒休作斷腸聲

浪淘沙 將去南陽作

步屧對東風細探春工百花堂下牡丹叢莫恨使君來便去不見鞓紅　霧眼一衰翁無意芳穠年來結習已成空奇語國香雕檻裏好為人容

驀山溪 天穿節和朱刑掾二首

望雲門外油壁如流水空巷逐朱旛步春風香河七里

冶容袨服此夕道宜男穿翠靄度飛橋影在清漪裏
吳頭楚尾千古風流地試問漢江邊有觧珮行雲舊事
主人是客一笑強頒春燒燈後賞花前遙憶年年醉

又

春風野外卯色天如水魚戲舞綃紋似出聽新聲北里
追風駿足千騎卷高門一箭過萬人呼雁落寒空裏
天穿過了此日穿名地橫石俯清波競追隨新年樂事
誰憐老子使得縱遨遊爭捧手乍憑背夾道遊人醉

又

出門西笑千里長安道不用引離聲使登瀛十洲三島

畫船珠箔蘋末水風涼隋柳岸楚臺人景與人俱好

應嗟見晚玉殿生清曉正是妙年時步承明謀身須早

輶車膚使新逐凱歌回恩綍重綵衣輕嘉慶知多少

西江月 二首一連水東樓燕集一泛舟

艷曲醉歌金縷朱門高聳銅鐶中天樓觀共躋攀飛絮

落花春晚　低映綠陰朱戶斜拖素練滄灣銀鈎華榜

五雲間奕奕蛟龍字綰

又

韉韂斜紅帶柳琉璃漲緑平橋人間風月正新妖不數江南蘇小　恨寄飛花蔌蔌情隨流水迢迢鯉魚風送木蘭橈回棹荒雞報曉

又　與王庭錫登燕集作

清樾已生晝寂孤花尚表春餘象牀筠簟燕堂虛初過晚涼微雨　珪璧新來北苑鱸魚未減東吴捧觴紅袖

透香膚不浥翔龍煙縷

又 叔父慶八十會作

瑞獸香雲輕裊華堂繡幙低垂人生七十尚為稀況是釣璜新歲 登俎青梅的皪明欄紅藥芳菲天教眉壽過期頤常對風光沈醉

浣溪沙 賞芍藥

樓子包金照眼新香根猶帶廣陵塵翻堦不羡掖垣春 不分與花為近侍難甘漆洧贈閒人如羞如怨獨含

韡

虞美人 酬衛卿弟兄贈

三年曾不窺園樹辛苦螢窻暮怪來文譽滿清時柹葉書殘猶自日臨池　春秋新學畢繁露黄卷聊堪語家人不用寄歸詩行看昇平樓外化龍歸

又

一輪丹桂窅宨樹光景疑非暮天公著意在茲時掃盡微雲點綴展清池　樽前金奏無晨露只有君房語驪

駒客莫賦歸詩東道留連應賦不肅歸一作共踏青槐碎影夜闌歸

瑞鷓鴣工部七月一日生辰

火風欲避金風至秀氣充閭初降瑞去家丁令却歸來還燕懸弧當日地　金章紫綬身榮貴壽福天儲昌又熾恠來一歲四遷官還過當生元太歲

鵲橋仙七夕

鵲橋仙偶天津輕渡却笑嫦娥孤皎平時五夜似經年問何事今宵便曉　雲車將駕神夫留戀更吐心期多少

支機休浪與閒人莫倚賴芳心素巧

江城子 呈劉無言燾

浮家重過水晶宫五年中事何窮無恙山溪鬟影落青銅欲向舊遊尋舊事雲散彩水流東　营花向我似情鍾舞霜風雪濛濛應怪使君顏鬢便衰翁賴是尋芳無素約端不恨緑陰重

又 和無言雪詩

飛身疑到廣寒宫玉花中與何窮酒貴旗亭誰是惜青

銅飄瞥三吳真妙絶銀萬里失西東　草堂紅蠟煖歌鍾豊頻修眉鶴鷺擁仙翁欲作氍毹花底客清漏永禁城重

蝶戀花　章道祖倧生日

安石榴花濃緑映解愠風輕乍改朱明令衮繡元臣門户盛童孫此日懸弧慶　夜宴華堂添酒興晚看除書遠帶天香賸欲浥茗波供續命不須龍護江心鏡

南鄉子　九日用玉局翁韻作呈坐上諸公

晴日亂雲收人在蘋香柳惲州溪上清風樓上醉颼颼
共折黄花插滿頭　佳客獻還酬不負山城九日秋茗
碧下青供酩酊休休楚客當年浪自愁

又

拂檻曉雲鮮銷暑樓危埭半天曽是攜賔當薦九開筵
度水縈山奏管絃　黄菊映華顛千騎重來己六年樓
下東流當日水依然更對周旋舊七賢

減字木蘭花　薛肇明二侍姬至葛山觀梅薛公會作

葛山仙隱尚有餘膏留舊鼎十里梅花夾道爭看袞繡

華人間妙麗並侍黃扉開國貴僻壤孤芳羞濫尊前

不敢香

臨江仙 上巳日遊海昌王氏園吳宰儆及中散兄

倦客身同舟不繫輕帆來訪儒仙春風元已艷陽天夭

桃方散錦高柳欲飛綿 千古海昌佳絕地雙鳧暫此

留連通宵娛客破芳尊蘭亭修禊事梓澤醉名園

又 席上和呈中散兄及吳令

寶觀岧嶢飛雉堞登臨恍欲升仙野桃官柳襯吳天春
風寒食夜遺恨在封綿　聞道東溟才二里銀濤直與
天連飛霞零亂落尊前接羅猶未倒消渴解文園

減字木蘭花 公弼姪初授官

辛勤場屋未遇知音甘陸陸詔錄遺忠一札天書下九
重　鵷城初命此去青雲應漸近解褐恩新今歲吾家
第四人

又 病起不見杏花作

杏花零亂擬把百觚來判斷病卧漳濵不見枝頭鬧小
春　吾衰老矣一醉花前猶不遂情緒厭厭虚度韶光
又一年

虞美人　自蘭陵歸冬夜飲嚴州酒作

嚴陵灘畔香醪好遮莫東方曉春風盎盎入寒肌人道
霜濃臘月我還疑　紅爐火熟香圍坐梅蕋迎春破一
聲清唱觧人頥人道牢愁千斛我誰知

鷓鴣天

玉琯還飛換歲厌定山新棹酒船回年時梁燕雙雙在肯為人愁便不來　衰意緒病情懷玉山今夜為誰頹年時梅蕊垂垂破肯為人愁便不開

西江月 送衛卿弟赴定遠簿

萬卷舊推鴻博一官且慰蹉跎升平樓下賜巍科曾對顒昂黼坐　燕領從來骨貴鸞栖尚屈才多今宵且共入無何遠定功名么麽

浪淘沙 十月十九夜賞菊

我愛菊花枝浥露偏宜旋移佳種一年期照眼黄金三徑爛可但東籬　秋老摘花吹敢恨開遲只愁一夜便香衰待插滿頭年大也且泛芳巵

鷓鴣天 賞菊二首

黄菊鮮鮮帶露濃小園開遍度香風自篘玉醞酬朝色旋洗霜須對晚叢　香在手莫匆匆尋芳今夜有人同

又

黄金委地新收得莫道山翁到底窮

采采黃花鵲彩濃吹開一夜為霜風已邀騷客陶元亮
不用歌姬盛小叢　秋易老莫匆匆齊山高興古今同
欲知此地花多少一眼金英望不窮

木蘭花 十二月二十日盧姊生辰

談圍曾藪青綾帳林下中年敦素尚煙波偶趣一帆風
却鎖雲扃來就養　自從悟得空無相身把虛空來作
樣大千沙界抹為塵未比無生真壽量

醉花陰 次韻印師

東皇已有來歸耗十里青山道凍折萬林梅一夜粧成似趁鳴雞早　年時清賞曾同到先仗遊蜂報抖擻舊心情一笑酬春不羡和羹詔

浣溪沙 賞梅

東閣郎官巧寫真西湖處士妙傳神嫣然一笑臘前春　鬬好雖無氷骨女相宜幸是雪髯人且煩疎影入清尊

又 飲卜

槃裏明珠芡實香尊前堆雪膾絲長何妨羌管奏伊涼翠篠重生無復日白波不瞬有如江壁間醉墨任淋浪

臨江仙 章圃賞瑞香二首

二月風光濃似酒小樓新濕青紅碧琉璃色映羣峰更攜金鑿落來賞錦薰籠 調客舊曾留月旦此花清軟纖穠末饒蘭蕙轉光風赤欄呈雅艷翠幙護芳叢

又

雪壁歌詞題尚濕春風又見輕紅一枝斜插映頭峰不辭連夜賞銀燭透紗籠 白髮欺人今老矣尊前羞見繁穠清香尤嫪虎溪風海棠須避席佳種漫蠶叢

浣溪沙 賞酴醾

一夜狂風盡海棠此花天遣殿羣芳芝蘭百濯見真香 勸客淋浪燈底韻惱人魂夢枕邊囊一枝斜插綠雲旁

鵲橋仙 七夕

涼飈破暑清歌縈坐缺月稀星庭戶瓜華草草具盃盤喜共浥初筵零露　天孫東處牽牛望勸汝一盃清醑精靈何必待秋通為一洗朦朧今古

臨江仙 二月廿二日錦熏閣賞花

檻外奇葩江外種嬌春未減鞓紅畫樓晴日斂雲峯佛香來海岸蜀錦薦燈籠　今夜那憂殺風景酒花來鬬妖濃江梅冷淡避春風明朝來縱賞應醉綺羅叢

蝶戀花 次韻張千里駒照花

二月春遊須爛漫秉燭看花只為晨曦短高舉蠟薪通夕看紅光萬丈騰天半　寄語平時遊冶伴不負分陰勝事誇今夜燈火休催歸小院慇懃更照桃花面

又　再次韻千里駒照花

百紫千紅令爛縵舉燭輝花莫厭燒令短酒裏逢花須細看人生誰是英雄半　安得英顔為老伴妙舞花前楊柳誇身段已倒玉山迴竹院清香不斷風吹面

又

已過春分春欲去千炬花間作意留春住一曲清歌無
誤顧遶梁餘韻歸何處　盡日勸春春不語紅氣蒸霞
且看桃千樹才子霏談更五鼓剩看走筆揮風雨

浪淘沙　九月十八日與千里賞菊三首

又見菊花新色淺香勻老人哀病臥漳濱雖是無聊仍
止酒幸有嘉賓不用怨蕭辰不似芳春請看金蕊照
金尊今夜花前須醉倒直到黎明

又

歌闋闘清新檀板初匀畫堂新築太湖濱好是黃花開
應候聊宴親賓　上客卽逢辰況是青春上林開宴錫
堯尊今夜素娥真解事偏向人明
人
娛老小亭新丹塈初匀萬枝金菊遶溪濱折向華堂遮
醉眼聊用娛賓　紅燭夜香辰廣坐生春月波新釀入
芳尊好向花前拚爛醉不負承明